Esposa Sumisa

Erika Sanders
Serie
Dominación y sumisión erótica

Sinopsis

Rachel y Roger es una pareja normal que llevan veinte años de matrimonio.

Sus hijos ya están en la universidad por lo que viven solos en su casa.

Pero el esposo no está satisfecho con sus relaciones sexuales que las encuentra aburridas por lo que decide que deberían acudir a los consejos de una muy particular consejera matrimonial.

¿Quién es esta consejera matrimonial que Roger especialmente recomienda a su esposa para mejorar sus... técnicas sexuales?

Esposa Sumisa es una novela de fuerte contenido erótico BDSM y, a su vez, una nueva novela perteneciente a la colección Dominación Erótica, una serie de novelas de alto contenido BDSM romántico y erótico.

(Todos los personajes tienen 18 años o más)

Nota sobre la autora:

Erika Sanders es una conocida escritora a nivel internacional, traducida a más de veinte idiomas, que firma sus escritos más eróticos, alejados de su prosa habitual, con su nombre de soltera.

Índice

ESPOSA SUMISA
ERIKA SANDERS

PRIMERA PARTE:
20 años de matrimonio

CAPÍTULO 1

Fue otra noche de sexo soso.

Pero ninguno de los dos se quejó.

Después de 20 años de matrimonio, el sexo se había convertido en una rutina más que cualquier otra cosa.

Rachel volvió a la cama después de lavarse entre las piernas.

Apagó la luz, se metió debajo de las sábanas y se acostó junto a su esposo.

"Eso fue encantador", dijo.

"Lo fue", respondió Roger. "Un poco mejor desde que los chicos que van a la universidad, ¿verdad?"

Ella lo empujó con el codo.

"Qué cosa tan horrible dices".

"Pero debes admitir que es bueno que ya no tengamos que mantener las cosas en silencio. Y podemos dejar la puerta abierta".

Rachel pensó por un momento.

"Supongo que sí. Pero, aun así, los extraño mucho".

"Yo también."

Ella cerró los ojos.

"Buenas noches."

"Buenas noches, cariño", respondió él, besándola en la frente.

CAPÍTULO 2

El día siguiente fue un día de trabajo típico para Rachel.

Era contadora de una firma de contabilidad de nivel medio.

Con el reciente crecimiento económico en el centro de la ciudad, tenía mucho trabajo que hacer para los nuevos clientes.

Durante el almuerzo, ella comió con el mismo grupo de mujeres que había comido durante los últimos años.

Hablaron sobre sus temas habituales: chismes, noticias de entretenimiento, familia, sus hijos, nuevas recetas, etc.

Todas eran mejores amigas y siempre disfrutaban de la compañía de las demás.

Eran casi las seis de la tarde cuando Rachel llegó a casa.

El auto de Roger ya estaba en el camino de entrada.

Cuando entró en la casa, ésta estaba particularmente tranquila.

Roger solía decir rápidamente "hola".

Ella lo llamó, pero no obtuvo respuesta.

Cuando Rachel entró en la cocina, un par de brazos envolvieron su cuerpo desde atrás.

Las manos le tocaron el pecho lascivamente.

Ella gritó en voz alta.

"¡Está bien!" dijo, soltándola. "¡Soy yo! ¡Soy yo!"

Rápidamente se dio vuelta para ver una mirada atónita en la cara de Roger.

Claramente no esperaba que su esposa reaccionara así.

"¡Dios! ¡Roger! ¡No vuelvas a asustarme así nunca más!"

"Quería sorprenderte".

"¿Cómo fue eso una sorpresa?" ella se enfureció. "Me asustaste a la luz del día. ¡Pensé que me estaban atacando!"

"Lo siento. Solo estaba tratando de ser romántico".

"No hay nada romántico en ser tocada de esa manera ".

"Lo siento. No lo volveré a hacer".

Rachel se tomó un momento para calmarse.

"No quise enojarme tanto. Es solo que, por favor, sé un poco más considerado con tus sorpresas, ¿de acuerdo?"

"Ya nunca nos divertimos. ¿Lo has notado?"

"Por favor, Roger, no estoy de humor para esto en este momento".

"Está bien", asintió él derrotado.

Rachel se dio la vuelta y fue a la habitación a cambiarse de ropa.

Se sentó en la cama y suspiró.

CAPÍTULO 3

Al día siguiente.

Rachel estaba frente a la computadora haciendo su trabajo de contabilidad.

Sonó su teléfono.

Era su esposo.

Ella respondió a la llamada, y cuando Roger le dijo que era importante, ella dijo que esperara un momento mientras salía a la calle para tener más privacidad.

Se preguntó de qué se podía tratar la llamada.

Roger rara vez llamaba mientras ella estaba en el trabajo.

Supuso que no podía ser por su pelea de ayer, porque ya lo había solucionado esa misma noche.

"¿Si?" Dijo cuando estaba afuera, lejos de los otros compañeros de trabajo.

"Hagamos un viaje la próxima semana", respondió sin rodeos. "Hay un lugar tranquilo donde podemos ir cerca de la costa".

"Realmente no puedo. Las cosas están muy ocupadas con mi trabajo en este momento".

"El mío también está así. Pero podemos hacer un hueco. Podemos ir el próximo viernes y quedarnos durante el fin de semana. Solo tómate un día libre en el trabajo".

"Pero no hay necesidad de esto", respondió ella, tratando de razonar con él. "No estoy enojada contigo. ¿No habíamos aclarado eso ayer en la noche?"

"No se trata de ayer. Se trata de nuestro matrimonio".

Esas palabras enviaron una conmoción total por toda la columna hasta los pies de Rachel.

Siempre había asumido que su matrimonio era fuerte y que le daba a Roger todo lo que siempre había querido de una esposa.

"¿Nuestro matrimonio está en problemas?" ella preguntó.

"No hables así. Pero hay una manera de hacer que nuestro matrimonio ... mejore ..."

Otra señal bajó por su columna vertebral.

"¿De qué se trata este viaje?"

"Creo que hay alguien que puede ayudarnos".

"¿Un consejero matrimonial?" ella preguntó sorprendida.

Se detuvo un momento.

"Sí. Algo así. Un consejero matrimonial".

"No lo estamos haciendo tan mal, ¿verdad? Pensé ... pensé ..."

La voz de Rachel se estaba volviendo sofocante y sus ojos se estaban humedeciendo.

"No lo estamos haciendo nada mal", respondió él, tratando de tranquilizarla. "Pero creo que podemos mejorar. Esto es algo en lo que he estado pensando durante un tiempo".

"Bien. Si crees que es lo mejor".

"Gracias, cariño. Siento haberte llamado al trabajo. Es una cosa de último minuto. Ella tuvo una vacante de último minuto en su horario y quería aprovecharla".

Rachel levantó una ceja.

"¿Ella? ¿El consejero es una mujer?"

"Si."

"¿Qué sabes de esta persona? ¿Por qué necesitamos viajar tan lejos por ella?"

"Te lo explicaré más tarde. Pero ella tiene una reputación única. Y creo que va a hacer maravillas para nosotros".

"Si eso es lo que quieres, entonces está bien".

"Me alegra que estés abierta a esto. Discutiremos los detalles esta noche".

"De acuerdo, adiós."

"Adiós."

La llamada terminó y Rachel quedó estupefacta con su teléfono en la mano.

Se le había caído una bomba encima, pero se dio cuenta de que haría lo que fuera necesario para mantener fuerte su matrimonio.

CAPÍTULO 4

Varios días después.

Rachel estaba parada en la habitación doblando ropa para el próximo viaje.

Sabía que el clima iba a ser caluroso, así que empacó las camisetas, pantalones cortos, sandalias y trajes de baño que Roger le dijo que llevara, ya que estarían cerca de la playa.

Ella no quería ir, no solo porque les iba a costar miles de dólares la idea, sino porque necesitaba pasar mucho tiempo en su trabajo, y este día perdido sería un día que tendría que recuperar.

Pero si esto era lo mejor para su matrimonio, entonces no quería pelear por eso.

Lo que más le molestaba era que Roger estaba siendo inusualmente parco y vago con respecto al asunto del asesoramiento matrimonial.

En todos sus años de matrimonio, siempre habían sido abiertos sobre todo.

Nunca había habido secretos.

Nunca hubo mentiras.

Por eso su matrimonio era tan exitoso.

Hasta ahora...

Pasó mucho tiempo preguntándose por qué Roger quería ver a una consejera.

¿Qué le pasa a nuestro matrimonio?

Pensé que todo estaba bien.

Pensé que todo era perfecto entre nosotros.

¿Es el sexo?

¿Ya no soy lo suficientemente buena?

¿Quiere a alguien más?

¡¿Está teniendo un amorío?!

La maleta estaba casi llena.

Todo lo que faltaba por meter era el traje de baño.

Había un par viejo en su armario.

Que ella no había usado en años.

Se desnudó frente al espejo.

Ella miró su cuerpo desnudo.

Las líneas leves en su rostro habían crecido.

Sus pechos, anteriormente muy turgentes, habían comenzado a ceder.

Sus caderas se estaban volviendo más gruesas a pesar de los ejercicios aeróbicos.

La verdad es que no es de extrañar que Roger quiera ver a una consejera.

Se puso el traje de baño y posó frente al espejo con él.

Esto le gustará.

En ese momento, Roger salió del despacho de su casa y se acercó a Rachel con el ceño fruncido.

"¿Qué pasa?" preguntó ella, todavía en su traje de baño.

"Acabo de hablar por teléfono con mi jefe. Uno de nuestros clientes acaba de recibir una demanda multimillonaria. Ya no puedo ir a ese viaje".

Ella lo miró a los ojos y supo que Roger estaba diciendo la verdad.

Un rayo de esperanza cruzó la mente de Rachel.

Estaba contenta de que el viaje probablemente fuera cancelado.

"Eso es muy malo", respondió ella. "¿Significa esto que el viaje se cancela?"

"No tiene sentido cancelar todo el viaje porque ya he pagado los vuelos y los arreglos del asesoramiento. Deberías ir sola".

Ella se sorprendió.

"¿Quieres que vea a una consejera matrimonial sola? ¿Qué sentido tiene eso?"

Él suspiró.

"Rachel, te amo mucho. Te amo más que a nada. Eres el amor de mi vida".

"Oh Dios, estás teniendo una aventura. ¿No es así? Hay alguien más, ¿no?"

"No, no es nada de eso", dijo enfáticamente. "Nunca te engañaría. Nunca lo he hecho, y nunca lo haré".

"Entonces, ¿qué está pasando? En estos últimos días, has sido muy evasivo sobre este viaje. Nunca antes has estado tan reservado".

Suspiró nuevamente y sacudió la cabeza.

"Lo siento. No he sido completamente honesto contigo. Creo que no soy tan valiente como pensaba".

"¿Dime que es eso?"

"¿Confías en mí?"

"Por supuesto que sí. Si tienes una aventura, solo dímelo. Podemos resolverlo".

"No estoy teniendo una aventura Rachel. Pero creo que debe haber cambios en nuestro matrimonio".

"¿Ya no soy lo suficientemente buena?" ella preguntó.

"Deja de decir cosas así. Eres mi esposa. Te amo más que a nada".

"Entonces, ¿por qué no eres honesto conmigo?" exigió.

Sacudió la cabeza.

"Estoy tratando de ser honesto. Pero no puedo. Esto no es fácil. Créeme, desearía que todo fuera fácil".

"Ya no te entiendo, Roger".

Una tristeza apareció en su rostro.

"¿Puedes prometerme que aun así irás? Sé que es difícil irte así, pero no te lo preguntaría a menos que pensara que podría ayudar a salvarse a nuestro matrimonio".

"¿Crees que nuestro matrimonio necesita salvarse?" preguntó ella, con lágrimas en los ojos.

"Por favor, no hagas esto más difícil, Rachel. ¿Puedes prometerme que irás sola? Quiero que conozcas a la consejera y escuches lo que tiene que decir. Solo escucha, y si no te gusta, luego vente a casa. Por favor, te lo ruego ".

Las lágrimas ya se derramaban por su cara.

Rachel se ahogó en ellas y apenas podía hablar.

Luego, rodeó a su esposo con los brazos y le dio un gran abrazo sofocante.

No iba a perder su matrimonio así que no importaba el costo.

SEGUNDA PARTE:
Lady Samantha y la esposa

CAPÍTULO 5

Rachel vio a un hombre bien trajeado después de salir de la terminal del aeropuerto con su equipaje.

El hombre sostenía un cartel con su nombre.

Hablaron y confirmaron la identidad de ambos.

Ella se subió a su automóvil de lujo para realizar un viaje de unos treinta minutos hasta que llegaron a su destino.

Ella esperaba llegar a un edificio de oficinas.

Pero se sorprendió al ver que el destino era en realidad una gran casa cerca de la playa, que parecía más una mansión.

La dueña del lugar era una persona muy rica.

Y la dueña definitivamente no era una consejera matrimonial corriente.

El auto se detuvo en el camino de entrada.

El conductor fue al maletero para sacar el equipaje.

En ese momento, se abrió la puerta principal de la mansión junto a la playa y salió una mujer alta y escultural.

Se veía impresionante, de unos treinta años, con el cabello largo y ondulado y un cuerpo de modelo.

"Debes ser Rachel", sonrió la mujer. "He escuchado cosas maravillosas sobre ti".

"Esa soy yo. ¿Y tú eres?"

"Samantha. Bienvenida a mi casa".

Las dos mujeres se dieron la mano cordialmente.

"Qué hermoso lugar. Ciertamente no esperaba nada como esto".

"La mayoría de la gente no lo hace. Es una lástima que tu esposo no haya podido venir".

"¿Conoces a mi esposo?" Preguntó Rachel.

"Viajo mucho con mi padre por negocios y he visto a tu esposo varias veces. Pero podemos hablar más sobre eso más tarde. Estoy segura de que estás agotada. Déjame mostrarte tu habitación primero".

Samantha condujo a Rachel acompañada del conductor por las escaleras de la gran mansión hasta la habitación de invitados.

El conductor puso el equipaje en el dormitorio y luego se fue.

Rachel estaba en un constante estado de maravillada mientras miraba la mansión.

No podía llegar a calcular cuánto valdría todo.

"Te dejaré ducharte y descansar", dijo Samantha. "Las toallas están en el mismo baño. Ven a la playa alrededor de las seis de la tarde. Podremos ver la puesta de sol juntas y tomar un poco de jugo de fruta fresca".

"Eso suena delicioso".

Samantha sonrió.

"Nos vemos entonces".

CAPÍTULO 6

Rachel se dio una ducha fría y se relajó.

La habitación de huéspedes de la casa era mejor que cualquier habitación de cualquier hotel lujoso en el que se hubiera alojado.

Todo era puro lujo y clase.

Se preguntó qué había planeado Roger.

***

Llegaron las seis de la tarde y Rachel bajó las escaleras, vestida de forma casual para el clima cálido en el que se encontraban.

Salió hacia la playa y comprobó que la vista era hermosa.

Había olvidado lo hermoso que podía ser el océano, especialmente durante una puesta de sol.

Vio a Samantha parada allí, admirando la vista del océano.

"Tienes tanta suerte de poder disfrutar de esto todos los días", dijo Rachel.

"En efecto."

"Entonces, ¿qué haces exactamente aquí?"

"¿Qué te dijo Roger?"

"No mucho, desafortunadamente. Solo que eres una especie consejera matrimonial. Pero por lo que parece, ya no estoy muy segura de que ese sea el caso".

"Hago varias cosas", respondió Samantha. "Hago algo de bienes raíces y desarrollo de trabajo en nombre de mi padre. Pero también hago favores para la gente. Favores que disfruto mucho brindando".

"¿Cómo? ¿Asesoramiento matrimonial?"

Samantha mostró una hermosa sonrisa.

"Se puedes decir así también."

"¿Por qué todos son tan vagos acerca de esto? ¿Hay algún secreto que no deba saber?"

"Si quieres saber la verdad, he ayudado a muchas parejas a lo largo de los años. No me importa el dinero. Lo hago por placer. Disfruto ayudando".

"¿Y cómo exactamente ayudas a estas parejas?" Preguntó Rachel.

"¿Cómo piensas? ¿Cuál es la base de una buena relación?"

"Amor", respondió Rachel.

"Sexo", guiñó Samantha. "Ayudo a las parejas a que les funcione el sexo".

Rachel se sorprendió hasta el núcleo, pero no dejó que su rostro lo mostrara.

Se sorprendió de que su amado esposo de veinte años estuviera pensando en eso cuando le hablo de ella.

"¿Entonces eres terapeuta sexual?"

"No me gustan mucho las etiquetas", respondió Samantha. "Pero sé mucho sobre sexo. Sé lo que le gusta a la gente y cómo puede mejorarse. Es un talento natural que tengo".

"No creo que esto sea adecuado para mí. Gracias por la amable hospitalidad, pero debería irme. Tomaré el próximo vuelo a casa".

"Acabas de llegar".

"Lo sé, pero..."

"Roger me advirtió que estarías preocupada por esto".

"¿Te has estado acostando con él?" Preguntó Rachel sin rodeos.

"No. Créeme, tu esposo es un hombre fiel. Simplemente le eché un vistazo y supe que su vida sexual era muy deficiente. Entonces, cuando encontré una oportunidad en mi agenda, le hice una oferta a tu esposo".

Rachel entrecerró los ojos.

"Sí, a cambio de varios miles de dólares del dinero de mi esposo, ¿verdad?"

"Como dije, el dinero no significa nada para mí. Mira a mi alrededor, no necesito el dinero de tu esposo. Pero si no le cobro a la gente, tendré una larga fila de hombres esperando afuera de mi puerta para obtener gratis el servicio."

"Bueno, gracias por la hospitalidad. No quiero perder tu tiempo. Todo esto no es para mí. Tomaré el próximo vuelo disponible".

Samantha asintió con la cabeza.

"Eso es perfectamente comprensible. Puedes quedarte aquí todo el tiempo que quieras. Mi conductor te llevará cuando lo desees. Le devolveré el dinero a tu esposo lo antes posible".

"Gracias."

"La mejor de las suertes con tu matrimonio", dijo Samantha, volviendo su atención a la puesta del sol.

Rachel hizo una pausa por un largo momento.

"¿Qué sabes sobre mi matrimonio?"

"Tu esposo quería esto por una razón específica. Así que sé que tu vida sexual debe ser increíblemente aburrida y monótona".

"Hay más en el matrimonio que solo el sexo. Nos amamos. Somos grandes compañeros en la vida".

"Sigue diciéndote eso", respondió Samantha. "Tu esposo obviamente siente que falta algo en tu relación. Pero si crees que todo es perfecto, entonces siéntete libre de irte".

Rachel hizo otra larga pausa.

"Si me quedo aquí, quiero decir, durante los próximos días, ¿qué va a pasar? ¿Qué voy a hacer aquí?"

"Si te quedas, te enseñaré los placeres de la dominación y la sumisión. Esa es mi especialidad. Alguien como Roger necesita sentir que es el hombre en la relación. Puedo enseñarte cómo servirlo adecuadamente".

"Suena un poco crudo".

"El sexo es crudo. Pero también es hermoso. ¿Cuándo fue la última vez que tuviste un orgasmo alucinante? Del tipo que deja un charco entre tus piernas".

"No me acuerdo", respondió Rachel. "Años. Quizás más".

"Pobrecita. Pero puedo arreglar eso. Las mujeres mayores, particularmente las esposas, son una especialidad mía".

"No vamos a ... ya sabes ..."

"Lo haremos. Haremos todo juntas".

"No puedo hacer eso", respondió Rachel. "Eso es de locos. Nunca antes había hecho nada con otra mujer".

"Piense en esto como una experiencia de aprendizaje. Además, no es de locos si tu esposo piensa que es beneficioso".

"Ciertamente estás muy entusiasmada con todo este proyecto".

Samantha sonrió.

"Tú también deberías estarlo".

"¿Ahora qué entonces?"

"Ahora, vuelvo adentro para prepararme para la cena. Mi chef está haciendo algo delicioso. Si quieres quedarte, únete a mí para la cena. Si quieres irte, habla con mi conductor".

"Quiero quedarme."

"La cena debería estar lista pronto. Podremos conocernos mejor. Mañana es cuando comienza la verdadera diversión".

Samantha mostró otra sonrisa llena de insinuaciones.

Luego se volvió para entrar en su gran mansión.

CAPÍTULO 7

Al día siguiente.

Una pequeña parte del personal les servía el desayuno al aire libre.

Todo era atendido adecuadamente.

Toda la comida estaba recién preparada.

Las dos mujeres disfrutaron mutuamente de su compañía mientras desayunaban.

"Realmente puedo acostumbrarme a esto", bromeó Rachel.

Samantha le guiñó un ojo.

"¿Quién suele cocinar en tu casa? Supongo que eres tú. Pareces una mujer muy domesticada".

"Me criaron a la antigua usanza. Vengo de una larga línea de mujeres amas de casa".

"Típico. Tienes ese aspecto conservador clásico".

"Lo escucho mucho", Rachel se encogió de hombros. "Pero por una buena razón. Me encanta cuidar a mi familia. Me encanta ser la madre y la esposa ideal para ellos".

Samantha asintió con la cabeza.

"Estoy segura de que Roger aprecia todo lo que haces en la casa".

"Lo hace", respondió Rachel. "Tengo mucha suerte de tenerlo. La mayoría de los esposos no aprecian el trabajo que sus esposas hacen por ellos".

"¿Roger te recompensa? ¿Te permite chuparle la polla?"

"¿Perdón?"

"¿Roger te permite chupar su pene cuando has sido una buena chica?"

Rachel se sorprendió por la charla lasciva durante el desayuno, especialmente frente al personal.

Las conversaciones descaradas sobre el sexo siempre le habían parecido de pésimo gusto.

"No creo que sea asunto tuyo", respondió Rachel.

"¿No es así? Pensé que querías mi ayuda."

"Supongo, pero ..."

"Sé honesta. Ambas somos mujeres adultas. Y mi personal es muy discreto. Solo estoy tratando de ayudarte".

Rachel dio un leve suspiro.

"Lo hago por él, solo a veces. No me gusta mucho hacerlo".

"Entonces, ¿en qué consiste tu vida sexual con Roger? ¿Él se sube encima de ti, te da unos cuantos vaivenes y luego se corre?"

"Básicamente."

Samantha casi se rio.

"Esa no es una gran vida sexual. Suena más como una formalidad".

"Funciona para nosotros".

"Obviamente no. Roger te quiere aquí por una razón. Odio darte la noticia, pero Roger es un chico normal y cachondo. Le encanta el sexo. Y le encanta recibir mamadas. Pero es demasiado tímido para pedirle a su linda y pequeña esposa favores extra ".

"Estás siendo presuntuosa".

Samantha levantó una ceja.

"¿Lo estoy siendo? ¿Roger ha rechazado alguna vez el sexo? ¿Parece un chico de prepa cada vez que le chupas la polla? Sabes que tengo razón. Todos los hombres son iguales en lo que respecta al sexo".

"No es así como me crie", dijo Rachel después de una larga pausa. "Probablemente tengas razón sobre Roger. Pero ya no sé cómo complacerlo".

Samantha chasqueó los dedos y alguien del personal trajo un juguete sexual en una bandeja de plata.

Samantha lo recogió y el personal se fue.

El juguete sexual de color carne tenía la forma del pene de un hombre.

"Es sorprendente cuán realistas se han vuelto estos juguetes para adultos", dijo Samantha, sosteniéndolo en alto y maravillada.

A pesar de que estaban al aire libre, a Samantha no parecía importarle sostener un consolador.

Rachel se sintió algo incómoda, a pesar de que no había nadie más alrededor.

"¿No tienes miedo de que alguien pueda pasar y verte con eso?" Preguntó Rachel.

"Es perfectamente legal tener un juguete sexual en el Estado".

Rachel asintió tímidamente.

"Tienes razón."

"Tampoco hay nada malo en besar a uno".

"¿Qué quieres decir?"

Samantha agitó ligeramente el consolador.

"Adelante, dale un besito".

"¿Por qué?"

"Tengo curiosidad de cómo te ves con un pene en la boca".

Rachel parecía nerviosa cuando Samantha le tendió el consolador, que apuntaba a su cara.

Ella se imaginaba que discutir sería inútil.

Ella era una invitada en una casa de lujo.

Ella sabía que sería grosero rechazar la solicitud.

Se inclinó hacia adelante sobre la mesa y besó la cabeza del consolador.

"Ahora abre tus labios", dijo Samantha. "Llévalo adentro".

Rachel se sintió incómoda, pero lo hizo de todos modos.

Ella permitió que el juguete sexual se metiera dentro de su boca.

Samantha comenzó a empujar y tirar del consolador en la boca de Rachel para simular el sexo oral.

"¿Eso es todo?", dijo Samantha, observando atentamente. "Chúpalo. Todo así. Imagina que es el de Roger".

Al escuchar esas palabras se encendió un fuego en Rachel.

Ella chupó más fuerte, más rápido y más duro.

Ella realmente comenzó a realizar sexo oral al consolador.

Antes de que Rachel pudiera continuar, Samantha retiró el consolador de su boca y Rachel se recostó en su asiento.

"No está mal", dijo Samantha. "Pero tus habilidades con la mamada podrían mejorar un poco. Trabajaremos en eso más tarde. Creo que Roger estará muy contento para cuando regreses a casa".

"Eso espero", se sonrojó Rachel.

Samantha sonrió.

"Tenemos un largo día de entrenamiento por delante. Terminemos nuestro desayuno y aprovechemos nuestro tiempo".

Volvieron a comer su desayuno.

Rachel bajó la mirada hacia su comida, pero todavía estaba pensando en las últimas palabras de Samantha.

¿Entrenamiento? ¿Qué demonios habrá querido decir con eso?

CAPÍTULO 8

El dormitorio de Samantha constaba de un área grande y espaciosa.

Y era simple pero elegante.

Los muebles parecían rústicos y caros.

El balcón estaba abierto y tenía una vista perfecta del océano.

"Su esposo me dijo tu tamaño y medidas", dijo Samantha. "Así que seguí adelante y te compré un nuevo guardarropa".

Había una maleta en el medio de la habitación.

Samantha la abrió para revelar una gran variedad de prendas, la mayoría bastante reveladoras, y una gran variedad de ropa interior.

Rachel se quedó estupefacta.

"¿Todo esto es para mí?"

"Todo dentro de esa maleta es para ti. También te he comprado un nuevo kit de maquillaje".

"¿Qué tiene de malo mi maquillaje?"

"Nada, si eres contadora", respondió Samantha. "Pero si quieres darle a tu esposo una erección constante, entonces tendrás que esforzarte un poco más".

"A Roger le gusta como a mí me gusta".

"Eres una mujer muy bonita. Estoy segura de que Roger cree que eres la mujer más bonita del mundo. Pero a veces los hombres solo quieren una puta sucia en el dormitorio. Esos son los hechos".

Rachel hizo una pausa.

"Ya no soy exactamente una mujer joven".

"No hay absolutamente nada de malo en las mujeres de tu edad. Todos aman a las mujeres mayores. Adoro a las mujeres mayores".

"Entonces, ¿qué estamos haciendo?"

"Es bueno ser una ama de casa primitiva y adecuada. Pero también es bueno ser una pequeña zorra sucia en el dormitorio de vez en cuando. Eso es lo que te voy a enseñar".

Rachel respiró hondo.

"Bien. Mantendré una mente abierta a lo que sea que tengas que decir".

"Bien. Ahora desvístete".

"¿Perdóname?"

"Desnúdate. Quítate la ropa. Toda."

"¿Por qué?"

"Pensé que habías dicho que estabas manteniendo una mente abierta" Dijo Samantha con una ceja levantada. "Si quieres mi ayuda, entonces escucha lo que tengo que decir".

Rachel ya tenía claro que discutir con Samantha nunca era una estrategia ganadora.

Ella respiró hondo para armarse de valor, y se quitó la ropa de forma vacilante, doblando cuidadosamente cada prenda y colocándola en la cama cercana.

Era un poco vergonzoso para Rachel desnudarse frente a Samantha, ya que su cuerpo estaba envejecido, y Samantha era muy joven y estaba en forma.

Pero Rachel se dijo a sí misma que era como desvestirse frente al médico.

Samantha probablemente había visto a muchas mujeres desnudas de su edad.

Ella lo ha visto todo.

Cuando termine este viaje, nunca tendré que volver a verla.

Entonces, ¿a quién le importa si ella me ve desnuda?

Se quitó toda la ropa y al final Rachel estaba completamente desnuda delante de una mujer mucho más joven y atractiva.

"Muy femenina y hermosa", dijo Samantha con un poco de insinuación mientras asentía.

"¿Eso crees?"

"Como dije, adoro a las mujeres mayores. Y amo a las amas de casa. Creo que eres extremadamente atractiva".

Rachel se encogió de hombros.

"¿Y qué sigue?"

"Sígueme."

Samantha llevó a Rachel a la cómoda.

Rachel se sentó frente al gran espejo y una mesa llena de productos de belleza de marca.

Ambas miraron el reflejo en topless de Rachel en el espejo.

Entonces Samantha usó una servilleta húmeda para limpiar el maquillaje de Rachel hasta que su cara quedó limpia.

Las arrugas y las líneas de edad en la cara de Rachel se habían vuelto más evidentes.

"Tienes una belleza tan natural, Rachel. Eres muy bonita".

"Gracias."

"Pero no estamos interesadas en lo bonito en este momento", dijo Samantha. "Estamos interesadas en lo sexy . ¿Estás lista para eso, Rachel?"

"Creo que sí."

"Vamos a empezar."

Samantha fue directamente a trabajar aplicando los cosméticos.

Ella aplicó hábilmente una capa de rubor, sombra de ojos, rímel, delineador de ojos y un tono brillante de lápiz labial rojo.

Segundo a segundo, la recatada ama de casa observaba cómo se iba transformando su apariencia.

Cuando ella terminó, Rachel apenas podía reconocerse a sí misma.

"¿Qué te parece?" Preguntó Samantha, orgullosa de su trabajo.

"Se ve ... se ve ... interesante ..."

Samantha palmeó los hombros de la mujer.

"Te acostumbrarás. Solo recuerda, esto es solo para ti y Roger. Para nadie más".

"Entiendo."

"Ahora, vamos a vestirte, ¿de acuerdo?"

Rachel se levantó y siguió el paso de Samantha en la gran habitación.

Samantha buscó dentro de la maleta y sacó una delgada bata roja.

"Pruébate esto", dijo Samantha. "Y mírate en el espejo".

Rachel miró su reflejo desnudo en el espejo mientras se ponía la bata.

Era escasa, delgada y pequeña.

Sobre todo, era semitransparente.

El color de sus pezones y vello púbico eran completamente visibles.

"Es un poco revelador, ¿no te parece?" Rachel expresó en voz alta lo que era obvio.

"Esa es la idea. Cuando estés en casa, quiero que uses esto para Roger en todo momento. Será un matrimonio más feliz".

"¿Quieres que esté prácticamente desnuda en todo momento?"

"Piénsalo, ¿Roger discutiría contigo mientras tus pezones están expuestos?"

"Esa es ciertamente una forma divertida de ver las cosas", respondió Rachel con una risita.

Samantha sonrió.

"He ayudado a muchas parejas a lo largo de los años. Confía en mí, sé de lo que estoy hablando".

Las dos mujeres se sonrieron juguetonamente antes de que ella se probara más atuendos.

CAPÍTULO 9

Más tarde ese mismo día.

Rachel estaba en un estado de profunda relajación.

Estaba en la sala del spa, sola con una masajista entrenada.

Su mente se alejó mientras su espalda recibía un masaje experto.

Era una dicha.

"Me alegra que te estés divirtiendo", dijo Samantha, entrando al spa.

"Esto es el cielo."

"Un buen masaje siempre es celestial. Lamento interrumpirlo, pero acabo de hablar por teléfono con mi padre. Algo ocurrió".

Rachel se incorporó para escuchar las noticias.

Sus senos se mostraban, pero no le importaba.

"¿Está todo bien?" ella preguntó.

"Todo está bien. Pero mi padre está teniendo una cena importante con varios de sus socios comerciales, y quiere que me una a ella. Me quiere al tanto. Además, soy excelente para entretener a los invitados".

"¿Debería irme?" Preguntó Rachel, secretamente temiendo lo peor.

"No, no. Pero no estoy segura de a qué hora volveré, así que ponte cómoda en mi casa. Ya he dado instrucciones al personal para que te preparen una buena cena. Haz lo que quieras después. Hay libros, películas, música, lo que quieras. Mi personal te ayudará con lo que necesites ".

"Gracias, eres muy amable."

Samantha levantó una ceja.

"Si estás de humor para algo un poco más provocativo, entonces prueba la colección de DVD en mi habitación. Quién sabe, es posible que veas algo que te guste".

"Lo tendré en cuenta", respondió Rachel, insegura de cómo interpretar las insinuaciones.

"Diviértete. Intentaré regresar pronto".
"Que tengas una buena noche."
Samantha esbozó una sonrisa maliciosa y se fue.

CAPÍTULO 10

Esa misma noche.

La lujosa mansión se veía un poco aburrida sin su dueña.

Después de una cena temprana, Rachel observó la puesta de sol y exploró la casa una vez más.

Echó un vistazo a lo que tenía para el cine en casa y la colección de música, pero nada le interesó mucho.

Ahora miraba la televisión en la sala de estar.

Las noticias eran lo único que le interesaban.

Se preguntó cómo estaba Roger.

Se preguntó si Roger la echaría de menos.

Llegó el aburrimiento.

Eran las once de la noche y Rachel decidió irse a la cama.

De camino a su habitación, pasó por delante de la habitación de Samantha.

La puerta estaba abierta de par en par.

La oferta de ver los DVD privados de ella todavía estaba presente en la mente de Rachel.

¿Por qué no?

Ella me invitó a entrar en su habitación para mirar.

Rachel entró en el dormitorio principal y fue hacia la gran televisión.

Los DVD no fueron difíciles de encontrar.

Había más de 200 DVDs, estimó.

Todos los DVD eran caseros.

Cada DVD tenía un nombre escrito, junto con una fecha.

Rachel encendió la televisión y el reproductor de DVD.

Ella seleccionó un DVD aleatorio titulado: Joseph 07-03-2018

El DVD comenzó y Rachel se sentó en la cama.

Ella se sorprendió por lo que vio.

Un hombre desnudo apareció en la pantalla.

Era de mediana edad y estaba en una forma normal.

Tenía la cara de un hombre de negocios exitoso.

Su pene era pequeño y estaba flácido.

Se veía tímido.

Estaba mirando directamente a la cámara.

Estaba de pie en una habitación de invitados.

El hombre declaró su nombre, edad y que su ocupación laboral era un promotor de bienes raíces.

La escena se sentía muy extraña e hizo que Rachel se sintiera extremadamente incómoda.

No podía entender por qué Samantha tendría un DVD como ese.

Rachel se levantó y estaba a punto de apagar el DVD cuando de repente, escuchó la voz de Samantha proveniente del televisor.

Estaba comenzando a dar órdenes al hombre desnudo.

Rachel volvió a sentarse para seguir observando.

El hombre desnudo en la pantalla se acarició.

Su pequeño pene se hizo un poco más grande y rígido.

El hombre se arrodilló cuando la voz de Samantha se lo ordenó.

Samantha apareció en la pantalla y Rachel casi jadeó.

Samantha apareció en el video vestida con un corsé de cuero apretado, mostrando sus brazos y piernas.

Había un consolador largo sujeto con una correa entre las piernas de Samantha que debía estar midiendo al menos veinte centímetros.

Samantha se paró frente al hombre arrodillado, y el hombre comenzó a succionar el pene del cinturón con entusiasmo.

Lo único que Rachel podía hacer era mirar casi en estado de shock.

Estaba completamente incrédula de que Samantha hiciera tal cosa con un hombre.

Sus instintos le dijeron que apagara el DVD, pero no pudo.

La pantalla se había vuelto hipnótica.

En el video, Samantha ordenó al hombre que se pusiera de pie y se inclinara sobre la cama.

Lo hizo con entusiasmo.

Samantha luego aplicó una gran cantidad de lubricante en el juguete sexual y se colocó detrás del hombre.

Rachel jadeó mientras veía a Samantha penetrar al hombre.

Fue todo lo que Rachel pudo soportar.

Se puso de pie y apagó el DVD.

Cuando volvió a colocar el DVD en su sitio en la colección, vio otro video etiquetado como Anna 23-05-2019.

Fue grabado hace solo unos meses y la protagonista debía de ser una mujer.

Rachel sintió curiosidad, y ella introdujo el video y volvió a sentarse en la cama.

El video mostraba a una mujer madura y desnuda.

La mujer tenía poco más de cincuenta años.

Evidentemente una ama de casa.

El video también fue tomado en la misma habitación, pero esta vez, Samantha estaba sosteniendo la cámara y hablando con la ama de casa.

Samantha ordenó a la mujer que se arrodillara y se arrastrara hacia el coño de Samantha.

La mujer realizó expertamente sexo oral en el coño bien afeitado de Samantha.

Rachel se sintió abrumada por la lujuria que sintió al ver el video privado de sexo casero de Samantha.

Se agachó y se tocó mientras miraba.

Ella empezó a jugar con su coño.

El lesbianismo y la sumisión nunca fueron sus fantasías, pero había algo fascinante en los videos caseros de Samantha.

Rachel continuó frotando su coño hasta que el video terminó.

Luego reprodujo otro video, esta vez de una pareja.

El tiempo pasó volando y Rachel había ya visto algunos videos más.

Ella se corrió poderosamente viendo el porno casero.

Había pasado mucho tiempo desde que había sentido un orgasmo tan bueno.

Ella cerró los ojos para descansar un rato.

* * *

Rachel se despertó al sentir un dedo frotando su piel.

Sus ojos se abrieron.

Todavía era de noche.

Levantó la vista y vio a Samantha parada sobre ella con una sonrisa en su rostro.

"Veo que has disfrutado de mi colección", sonrió Samantha.

Rachel rápidamente cubrió su coño.

"Oh Dios. Lo siento mucho. Debo haberme quedado dormida".

"No hay nada de que lamentarse. Encontraste algo que te gusta. Ahora estamos listas para el siguiente paso".

Ambas mujeres se miraron a los ojos.

Hubo un breve momento de silencio entre ellas.

Y también hubo un tranquilo entendimiento de que las cosas iban a volverse mucho más interesantes.

TERCERA PARTE:
La esclavitud es nuestro placer

CAPÍTULO 11

El desayuno fue casi incómodo a la mañana siguiente para Rachel.

Era la primera vez en su vida que la habían pillado masturbándose.

Tenía una sensación de vergüenza e incomodidad.

"Debes tener un montón de preguntas", dijo Samantha.

"Algo."

"No seas tímida. Vamos a escucharte".

"¿Qué estabas haciendo exactamente en esos videos?" Preguntó Rachel.

"Diferentes personas tienen diferentes fetiches. Eso es un hecho de la sexualidad humana. Simplemente proporciono un servicio para esos fetiches".

"¿Eres una especie de dominatrix, o como se llame hoy en día?"

Samantha sonrió.

"Cuando quiero serlo. O si alguien necesita mi ayuda".

"¿Llamas a eso ayuda?" Preguntó Rachel, arqueando la ceja.

"Claro que sí. ¿Viste cuánto se corrieron esas personas?"

Rachel de repente se sintió tímida.

"¿Estabas ... umm ..."

"Adelante. Solo pregunta. No voy a morder".

Rachel respiró hondo.

"¿Estabas pensando hacerme alguna de esas cosas a mí o a Roger? ¿Fue ese el plan todo el tiempo? ¿Roger quiere ser sodomizado por una correa? ¿Quiere verme practicar sexo oral con una mujer?"

"Esas son las grandes preguntas, ¿no?"

"¿Me vas a dar una respuesta?"

Samantha hizo una larga pausa dramática mientras bebía el jugo recién exprimido.

"La respuesta es esta", respondió Samantha. "Tu esposo no tiene idea de lo que quiere. Sabe que quiere una vida sexual mejor. Sabe que no quiere tener sexo con una mujer sin emociones todas las semanas".

"¿Roger me llamó una mujer sin emociones?" Rachel preguntó con sentimientos heridos.

"No con esas palabras. Pero por la forma en que describió su vida sexual, bien podrías estar sin emociones".

"Entonces, ¿qué crees que quiere Roger? ¿Qué yo sea sumisa como las mujeres en tus videos?"

"Tal vez. Para eso fue este viaje. Desafortunadamente se ocupó y no puedo ayudarlo. Pero afortunadamente tú estás aquí".

"¿Me está engañando?"

"No. No lo está. Puedo decir que no lo está haciendo. Pero está cerca de hacerlo. El sexo que proporcionas es inadecuado para un hombre como él".

"¿Qué tengo que hacer?" Preguntó Rachel.

"Haz lo que yo te diga. Vístete como te he ordenado. Chúpale la polla como te he enseñado. De hecho, espero que le hagas una mamada todas las mañanas antes del trabajo, y de nuevo cuando él llega a casa. No hay excusas para no hacerlo ".

Rachel asintió con la cabeza.

"Yo puedo hacer eso."

"Pero aún hay más que aprender. El sexo oral no lo soluciona todo, lo creas o no".

"¿Y qué es eso?"

Samantha le lanzó una mirada astuta.

"Tendremos que averiguarlo después del desayuno".

CAPÍTULO 12

Había una tensión perceptible en el ambiente cuando Rachel siguió a Samantha a una habitación privada en la mansión.

La habitación tenía paredes lisas y muebles sencillos.

Había una cama pequeña de solo dos pies de altura.

La cama estaba cubierta de forma sencilla, sin mantas ni almohadas, tan solo una sábana.

"No perdamos el tiempo", dijo Samantha. "Tu marido quiere una mujer sumisa. En el fondo, creo que anhelas una figura sexual dominante".

"Estoy totalmente en desacuerdo", dijo Rachel con firmeza.

"¿Oh?"

"No creo que Roger me quiera de esa manera. Y ciertamente tengo mis límites. Siempre he sentido que una relación adecuada se basa en la igualdad".

"¿Incluso durante el sexo?"

"Sí."

Samantha se lamió los labios.

"Tienes mucho que aprender hoy".

"Mantendré una mente abierta a lo que sugieras".

Samantha asintió con la cabeza.

"Te traje aquí por una razón específica. Esta es una sala para principiantes. Todavía no estás lista para la sala de esclavitud".

"Suena intimidante".

"Intimidante en el buen sentido. Pero por ahora, nos conformaremos con esta habitación porque es fácil de limpiar después de un desastre".

"¿Qué se supone que significa eso?" Preguntó Rachel.

"Significa que voy a hacer que te corras. De la forma adecuada. Te voy a enseñar cómo se siente un verdadero orgasmo".

"Samantha, aprecio todo lo que estás haciendo por mí, pero realmente no creo que sea necesario".

"Por supuesto que sí", respondió Samantha con firmeza. "No puedes convertirte en una verdadera sumisa a menos que hayas sentido los placeres de ello. Comenzaremos lentamente. Te facilitaré un nuevo estilo de vida".

Rachel fue golpeada por la palabra estilo de vida .

Las cosas estaban a punto de volverse más interesantes.

Y tenía curiosidad por saber a dónde se dirigían las cosas.

"Bien", respondió ella. "No discutiré. No me quejaré. Haré lo que me pidas".

"Quiero verte el trasero. Te quiero desnuda de la cintura para abajo. Luego, acuéstate en la cama. Manteniendo los pies en el suelo".

Rachel estaba preocupada por la solicitud.

Pero ella lo hizo de todos modos ya que había dicho que lo haría sin discutir.

Se quitó todo dejando su trasero al aire y colocó su ropa cuidadosamente sobre la cama.

Ahora ella estaba parada con su arbusto moderadamente peludo expuesto a Samantha.

Luego se acostó en la pequeña cama con los pies aún en el suelo.

"Tendrás que afeitarte más tarde", dijo Samantha, mirando el vello púbico.

"A mi esposo le gusta".

"Aféitate hoy. No te preocupes, te volverá a crecer".

Rachel puso los ojos en blanco.

"Obvio."

"Ahora abre las piernas. De par en par".

Rachel lo hizo.

Ella abrió las piernas y le dio a Samantha una clara vista de su coño.

Se sentía insegura mostrando su maduro coño a una hermosa joven, pero suponía que había un propósito detrás de todo esto.

"¿Feliz ahora?"

"Hermoso coño", apreció Samantha. "Es lindo."

"¿Vas a quedarte ahí y mirarlo?"

"Por supuesto que no. Si no te importa, voy a atarte las piernas a la cama antes de hacer que te corras. Relájate, te prometo que lo disfrutarás".

Samantha buscó algo debajo de la cama y sacó una cuerda que utilizó para atar los tobillos de Rachel a los postes opuestos de la cama.

Todo lo hizo con precisión experta.

Estaba claro que Samantha era una experta en cuerdas y esclavitud.

Cuando terminó, las piernas de Rachel estaban extendidas en un estilo águila, atadas, y su coño estaba abierto de par en par.

Un fuerte zumbido resonó en la habitación.

"¿Qué demonios es eso?" Preguntó Rachel, mirando a Samantha.

Samantha levantó un gran juguete sexual vibrante, que parecía y sonaba como una herramienta eléctrica.

El dispositivo tenía una parte superior vibratoria destinada a estimular el clítoris de una mujer.

"Esto va a cambiar tu vida para mejor. Ahora relájate".

Rachel estaba tumbada con los ojos muy abiertos en la cama.

La cosa se acercaba entre sus piernas.

Samantha parecía que estaba a punto de realizar un procedimiento médico con el dispositivo de vibración fuerte.

La parte superior vibratoria se acercó al coño expuesto.

El poderoso vibrador tocó la punta del clítoris de Rachel.

"¡¡¡¡ Aaahhhh !!!!" la ama de casa madura gritó de dolor.

Samantha se apartó por un momento.

"Relájate. Relájate, cariño. Solo relájate mientras te cuido."

La poderosa vibración fue traída de vuelta al clítoris.

Rachel volvió a gritar.

Podría haberle rogado a Samantha que se detuviera.

Ella podría haberse sentado y empujar a Samantha.

Ella podría haber luchado.

Pero ella no lo hizo.

Rachel simplemente se recostó en la cama y absorbió la intensa estimulación.

Aunque fue doloroso, también había un pequeño destello de placer.

El placer creció y creció.

Rachel continuó angustiada, pero trató de relajar su cuerpo.

Ella aceptó el poderoso sentimiento.

Sus piernas tiraban y luchaban contra la cuerda, pero no eso no servía de nada.

Sus piernas no podían moverse.

La sensación en su cuerpo estaba en conflicto.

Ella quería resistirse, pero también quería permitir que los sentimientos fluyeran.

Ella continuó gimiendo y agitándose en la cama.

Samantha presionó la palma de su mano sobre el cuerpo de la ama de casa.

Luego empujó el dispositivo sexual vibrante con fuerza contra el clítoris.

La estimulación fue irreal.

La ama de casa madura gritó de agonía y placer.

Sus piernas lucharon contra la cuerda con todas sus fuerzas.

Era una batalla perdida.

Cuando Samantha insertó dos dedos dentro del coño, entrando y saliendo, Rachel se corrió.

Ella se corría y corría.

Ella lanzaba chorros y más chorros de sus jugos.

Fue un orgasmo húmedo que hizo un verdadero desastre en todas partes.

La espalda de Rachel se arqueaba violentamente.

Los dedos de sus pies se curvaban.

Puso caras extrañas estando casi irreconocible por un tiempo.

Entonces su cuerpo quedó completamente flácido.

Samantha apagó el dispositivo y sonrió ante su trabajo.

Bajó el dispositivo y desató los tobillos de la ama de casa.

Se sentó en la cama y frotó el cabello de Rachel, notando lo hermosa que se veía.

"No luches por hablar todavía", dijo Samantha, todavía frotando el cabello de Rachel. "Solo relájate. Disfruta tu dicha. Estoy segura de que tu clítoris debe estar doliendo ahora mismo".

Rachel asintió con la cabeza.

"Sí."

"Descansa. Deja que tu clítoris se recupere. Continuaremos el entrenamiento más tarde hoy".

Samantha se inclinó para besar a Rachel en la frente, luego en la mejilla, luego en los labios.

CAPÍTULO 13

El tiempo pasó sin prisa.

Almorzaron juntas y hablaron sobre cosas normales.

Una amistad creció entre ellas.

El tema del sexo no había vuelto a surgir, y el clítoris de Rachel tuvo tiempo suficiente para curarse del asalto vibratorio.

Rachel tomó una siesta a media tarde, y cuando despertó, había un hermoso vestido negro sobre su cama.

Un par de zapatos de tacón alto también estaban en la cama.

Había una nota escrita a mano en la parte superior del vestido.

La nota decía:

"Date una buena y larga ducha. Luego aplícate el maquillaje como te enseñé. Y luego ponte el vestido y los zapatos de tacón sin nada más debajo.

Nos veremos abajo en la sala de esclavitud a las seis de la tarde. La puerta estará desbloqueada".

La nota estaba firmada por Samantha.

Un hormigueo creció entre sus piernas.

Rachel se levantó de la cama y se duchó.

Se secó y miró su reflejo desnudo en el espejo antes de maquillarse.

Ella se aplicó cada producto cosmético exactamente como Samantha le había enseñado.

Rachel se puso el vestido frente al espejo del dormitorio.

El vestido era elegante y sexy.

Ella se maravilló de su reflejo.

Parecía una mujer muy diferente.

***

Bajó las escaleras exactamente a las seis de la tarde, luego fue por el pasillo.

Fue fácil descubrir dónde estaba la sala de esclavitud.

Era la única habitación en la mansión donde la puerta siempre estaba cerrada.

Ahora la puerta estaba abierta y parecía llamarla.

La sala de esclavitud parecía aburrida en comparación con el resto de la casa.

Era una habitación de tamaño medio sin nada de valor.

Había algunas mesas y sillas.

Había otros artículos de aspecto interesante, como una cuerda que colgaba del techo y dispositivos de aspecto extraño que parecían toscos.

Rachel entró en la habitación y dejó que sus ojos vagaran por ella.

La anticipación creció.

"¿Era esto lo que esperabas?" La voz de Samantha dijo desde atrás.

Rachel se dio vuelta para ver a Samantha vestida con un corsé de cuero rojo y unas botas negras.

Ella mostraba sus brazos y piernas tonificadas, y su cabello estaba recogido hacia atrás.

Estaba vestida como una verdadera dominatrix.

Samantha luego cerró la puerta.

"Esperaba un poco más, para ser honesta", dijo Rachel, escondiendo sus nervios.

"La mayoría de la gente espera más de mi habitación de esclavitud. Pero prefiero la simplicidad. Me gusta tener ese elemento de sorpresa".

"¿Qué quieres decir?"

"Me gusta que la gente subestime esta habitación", sonrió Samantha. "Además, es irrelevante qué tipo de juguetes y dispositivos se utilizan. Es la disposición a someterse, y el poder dominante sobre el sumiso, lo que hace una buena relación erótica BDSM. No los juguetes".

Las manos de Rachel hicieron un gesto hacia la habitación.

"Sin embargo, aquí estamos".

"No me malentiendas", dijo Samantha, caminando hacia la ama de casa. "Me encanta usar juguetes. Y también me encantan las cuerdas. Mejoran mi poder sobre las sumisas de muchas maneras".

"¿Qué me vas a hacer?"

Los ojos de Samantha miraron arriba y abajo a la ama de casa.

"Olvidé mencionar lo hermosa que te ves en ese vestido. Te queda perfecto, mostrando todas tus curvas. Y tu maquillaje, estoy impresionada. Aprendes rápido".

"Gracias. Te ves ... umm ... atractiva con ese atuendo".

"Siempre trato de lucir lo mejor posible".

"Entonces, ¿qué me vas a hacer?" Rachel preguntó de nuevo, casi desesperada por saberlo.

Samantha dio un paso adelante y acercó sus labios al oído de la ama de casa.

"Voy a atarte", dijo Samantha suavemente. "Entonces voy a hacer que te corras una y otra vez. Perteneces a tu marido. Pero esta noche, me perteneces a mí. Tu coño me pertenece a mí. Y tus orgasmos también a mí".

Los ojos de Rachel se abrieron.

"Oh. Yo ... uh ..."

"Asumo que Roger nunca te ha atado".

"Nunca."

"Perfecto. Me encanta ser la primera de alguien. Quédate quieta".

Rachel se quedó quieta, tímidamente, con su vestido caro, mientras observaba a Samantha girar un dispositivo en la pared.

La cuerda que colgaba del techo bajó hasta donde estaba Rachel.

"¿Me vas a atar con eso ?" Preguntó Rachel.

"¿Hay algún problema?"

Rachel sacudió nerviosamente la cabeza.

"No."

"Bien. Ahora dame tus muñecas".

Samantha usó la suave cuerda y ató expertamente las muñecas de Rachel.

El nudo estaba apretado.

Las manos de Rachel estaban atadas.

No hizo ninguna resistencia.

Una vez que ella le ató la cuerda, Samantha volvió a la pared y giró el dispositivo en la dirección opuesta.

Esto hizo que las manos de Rachel se levantaran sobre su cabeza.

Nada demasiado doloroso, pero suficiente para evitar que Rachel pudiera moverse.

"¿Cómoda?" Samantha preguntó con una media sonrisa.

Rachel casi tembló mientras estaba parada con las manos atadas sobre su cabeza.

"Me duelen las muñecas".

"Duele porque estás luchando. Relájate. Entrégate a mí".

Samantha abrió un cajón cercano y buscó dentro.

Sacó un cuchillo y caminó lentamente hacia Rachel con una sonrisa perversa, agitando el objeto afilado.

"¡Oh, Dios mío!" Rachel jadeó temerosa, pensando que algo horrible iba a suceder. "¡Por favor no! ¡Dios mío! ¡Dios mío!"

"No seas tonta. No voy a lastimarte. Bueno, no de la forma mala".

Samantha llevó el cuchillo a la parte superior del vestido de Rachel.

Luego cortó hacia abajo, dividiendo el vestido por la mitad.

Samantha puso el cuchillo en una mesa cercana, luego abrió la parte superior del vestido, dejando al descubierto los dos senos redondos de Rachel.

"Ahora pareces una verdadera puta", sonrió Samantha. "Maquillaje de cachonda, cabello bonito, tacones caros y un vestido desgarrado que expone tus viejas tetas caídas. Todos los signos de una puta. ¿No estás de acuerdo?"

Rachel asintió nerviosamente.

"Sí."

"Siempre cumplo con la regla de los diez centímetros. Dime, ¿qué tan grande es el pene de tu esposo?"

"Unos doce centímetros", admitió Rachel.

"El de Roger mide doce centímetros, así que agrego otros diez centímetros. Lo que es un total de veintidós centímetros".

Samantha abrió otro cajón para recoger un consolador de veintidós centímetros.

Ella lo miró, maravillada por el tamaño.

Luego se puso una correa alrededor de la entrepierna y se colocó el consolador de veintidós centímetros.

"¿Vas a poner eso dentro de mí?" Rachel preguntó nerviosamente.

"Te voy a joder con eso", respondió Samantha, aplicando lubricación al objeto sexual. "¿Alguna vez has tenido sexo estando de pie?"

"No."

"Otra primera vez".

Samantha se paró frente a Rachel.

Estaban cara a cara, a solo centímetros de distancia.

Samantha estaba segura y tranquila.

Rachel era un desastre nervioso.

La tensión sexual era espesa en el aire.

Samantha se inclinó hacia delante y le dio a Rachel un gran beso en los labios.

Fue suave al principio.

Luego más apasionado.

Luego se volvió más áspero.

Samantha mordió suavemente el labio inferior de Rachel.

Luego continuaron besándose con la lengua.

Mientras se besaban, Samantha bajó las manos y levantó el vestido de Rachel.

Luego guió la punta de la polla del cinturón hasta los labios de Rachel.

Rachel abrió las piernas mientras estaba de pie.

El consolador apuntó a su coño.

"Voy a penetrarte ahora", susurró Samantha al oído de Rachel.

"Sé gentil."

"No", susurró Samantha.

Mientras las dos mujeres permanecían entrelazadas, Samantha dio un fuerte empujón y entró en el coño de Rachel, causando un jadeo audible.

Samantha dio otro empujón y entró más.

El objeto sexual estaba cada vez más profundo.

En un momento determinado, el objeto sexual de veintidós centímetros fue enterrado completamente en el interior del coño.

Rachel gemía y sus piernas se agitaban.

Samantha mostró su fuerza física agarrando firmemente los dos muslos de Rachel en el aire.

Rachel estaba completamente despegada del suelo, con las manos colgando de la cuerda en el techo.

Sus pies y tacones se agitaban salvajemente con Samantha sosteniendo sus piernas.

"No luches", dijo Samantha, sosteniendo a la ama de casa en el aire. "Cuanto más pelees, más te dolerá. Ríndete a mí".

Samantha se echó hacia atrás y dio otro fuerte empujón, empujando el consolador más adentro del coño.

Las manos de Samantha mantuvieron un firme bloqueo en las piernas de Rachel.

Rachel colgaba en el aire mientras la dominatrix la penetraba.

Ellas estaban jodiendo.

Se miraron a los ojos.

Rachel lloraba y gemía.

Pero ella nunca le dijo a Samantha que se detuviera.

Ella no se atrevió, pero tampoco quiso.

Era parte del entrenamiento, y comenzaba a sentirse placentero mientras su cuerpo se adaptaba al tamaño.

Su cabello estaba revuelto, al igual que sus pies.

Le gustaba ser follada por Samantha.

Su cuerpo estaba encendido.

Las muñecas de Rachel dolían.

La piel alrededor de sus muñecas se estaba volviendo de un tono rojo oscuro mientras su cuerpo colgaba en el aire.

Pero el dolor en sus muñecas no era nada comparado con la sensación que sentía su coño.

El gran juguete sexual estimulaba unos los nervios dentro de su coño que ella nunca supo que existían.

Los empujes continuaron.

Ella gritó y gritó.

Ella lloró y lloró.

Ella gimió y gimió.

"Córrete para mí", dijo Samantha, mirando a la ama de casa con placer. "Córrete para mí, vieja puta sucia".

Rachel empujó sus caderas.

"¡No soy vieja!"

Un orgasmo atravesó su cuerpo.

Rachel gritó a todo pulmón.

Su espalda se arqueó violentamente.

Ella lanzó los zapatos de tacón alto hacia el otro lado de la habitación.

Los fluidos del coñito de Rachel salpicaron por todas partes, dejando un trabajo serio para la señora de la limpieza.

Cuando el orgasmo disminuyó, los ojos de Rachel se volvieron hacia atrás y su cuerpo se relajó.

Samantha soltó su abrazo y Rachel colgó en un estado casi desfallecida de la cuerda alrededor de sus muñecas.

Samantha bajó la cuerda y el cuerpo semiconsciente de Rachel yació en el suelo en una piscina de sus propios jugos calientes.

Cuando Rachel pudo abrir los ojos, vio a Samantha quitándose el corsé, quedándose completamente desnuda.

Rachel no pudo evitar envidiar el perfecto cuerpo desnudo de Samantha.

Samantha se sentó en el suelo y jugó con el cabello de Rachel.

"Roger tiene suerte de tener una puta orgásmica como tú", sonrió Samantha totalmente desnuda.

"Nunca me había corrido así antes. Nunca".

"Me alegra poder haberte servido para ello. Pero recuerda, soy la dominatrix, tu eres la sumisa. Esto es para mi placer, no el tuyo. Y hasta ahora, aún no me he corrido".

Rachel levantó una ceja.

"¿Qué tienes en mente?"

"¿Alguna vez has comido un coño?"

"No."

"Qué virgen eres en todo. Arrástrate hacia mí. Pon tu cara entre mis piernas".

Rachel hizo lo que se le ordenó hacer.

Se arrastró hasta que su cara estuvo a centímetros del coño.

"Bésame los labios", ordenó Samantha, refiriéndose a su propia vagina. "Me encanta que me besen".

Rachel obedeció, besando la capa externa del coño bien afeitado de Samantha.

"Lámelo como una paleta. Luego mete la lengua dentro como si no hubieras comido en días".

Rachel siguió las órdenes, lamiendo el coño y probando los fluidos exteriores.

Su lengua sintió cada punto de los labios.

Luego metió la lengua dentro, lamiendo y chupando.

Era la primera vez que comía un coño, y se dio cuenta de que sabía bien.

"Eso está bien", gimió Samantha. "Sigue así. Sigue lamiendo como una buena gatita".

La ama de casa, una vez recatada, primitiva y adecuada, se había convertido rápidamente en una experta comedora de vaginas.

Ella lamió y chupó con entusiasmo.

Su lengua acarició arriba y abajo.

Momentos después, Samantha se corrió y lanzó un grito agudo.

Sus piernas temblaron, luego se relajó.

Los ojos de Samantha se iluminaron.

"Dios mío. ¿Quién podía saber que lo podías hacer de forma tan natural?"

Rachel sonrió y apoyó la cabeza en el muslo de Samantha.

"Sabes bien".

"¿Eso crees?" Samantha preguntó retóricamente.

Rachel besó el muslo de la dominatrix.

"Sí."

Las dos mujeres continuaron su momento de consuelo mutuo.

Rachel cerró los ojos y volvió a apoyar la cabeza sobre el muslo del dominatrix.

Samantha miró a la bella ama de casa y le acarició el pelo.

CAPÍTULO 14

Días después.

Después de recoger su equipaje, Rachel empujaba un carrito con dos maletas adentro: una con su ropa normal, y la otra la que Samantha le había dado.

Ella vio a su esposo esperando afuera.

Se devolvieron grandes sonrisas.

Roger estaba feliz de ver a su esposa tan bien bronceada y relajada.

Él corrió hacia Rachel.

Ella detuvo el carrito y le dio un gran abrazo sofocante.

Fue un momento especial.

Ella quería que ese día fuera un nuevo comienzo para su matrimonio.

"Te extrañé mucho", dijo Roger.

Rachel acercó sus labios a su oído y le susurró: "Me llevarás a casa y me amarrarás a la cama de la habitación. Luego me vas a meter tu polla en la garganta. Y luego me vas a follar. ¿Entendido?"

Él retrocedió un poco para ver bien a su esposa, asombrado por su lenguaje sucio.

Había un brillo especial en los ojos de Rachel.

Un hambre

Una lujuria.

Roger se dio cuenta que su esposa era una mujer diferente.

Roger asintió, aceptando la invitación.

Rachel sonrió y le dio un beso.

FIN

Don't miss out!

Visit the website below and you can sign up to receive emails whenever Erika Sanders publishes a new book. There's no charge and no obligation.

https://books2read.com/r/B-A-IGGS-ZCSNC

BOOKS 2 READ

Connecting independent readers to independent writers.

www.ingramcontent.com/pod-product-compliance
Lightning Source LLC
Chambersburg PA
CBHW051305160726

47994CB00003B/1316